Secretaria Sumisa (Interracial)

Dominación y sumisión erótica

Erika Sanders

Secretaria Sumisa
(Interracial)

Erika Sanders
Serie
Dominación y sumisión erótica

Sinopsis

Gloria es una joven morena que está buscando un trabajo con urgencia para poder salir de casa de sus padres y pagar lo necesario.

El señor Anderson busca una secretaria que cumpla con sus peculiares y exigentes requisitos.

¿Gloria podrá aceptar los requisitos del señor Anderson y ser una buena secretaria...?

Secretaria Sumisa es una novela de fuerte contenido erótico BDSM y, a su vez, una nueva novela perteneciente a la colección Dominación y sumisión erótica, una serie de novelas de alto contenido BDSM romántico y erótico.

(Todos los personajes tienen 18 años o más)

Nota sobre la autora:

Erika Sanders es una conocida escritora a nivel internacional, traducida a más de veinte idiomas, y que firma sus escritos más eróticos, alejados de su prosa habitual, con su nombre de soltera.

Índice:

SECRETARIA SUMISA
(DOMINACIÓN INTERRACIAL)
ERIKA SANDERS

CAPÍTULO 1

Fue emocionante mirar a la joven negra aspirante a secretaria sentada frente a mi escritorio, especialmente sabiendo lo que sabía de ella.

La ropa que llevaba era de poliéster barato de una de esas tiendas de descuento.

Era lo mismo que usó en su primera entrevista, excepto que tenía una camisa diferente.

Tenía un buen conjunto de tetas y se veía muy dulce, muy inocente.

Se sentaba con las piernas cruzadas de manera recatada, los nudillos oscuros, pero algo blanquecinos, eran visibles por sus manos juntas y su pie se balanceaba nerviosamente.

Cada vez que ella separaba sus manos, era para colocar un piercing suelto que nunca parecía permanecer en su lugar detrás de la oreja.

Miraba alrededor de mi oficina como para asimilarlo todo, pero rara vez se detenía para mirarme a los ojos.

Estaba claramente nerviosa.

Y ella tenía todo el derecho de estarlo.

CAPÍTULO 2

"Gloria, creo que estoy preparado para ofrecerte una oferta de empleo, pero hay una irregularidad en tu solicitud que debemos discutir primero", dije.

Sus ojos verdes se agrandaron como platos y se movieron de un lado a otro más nerviosa aún.

Ella tragó saliva.

"Ah, ¿y qué es eso?"

"Bueno, ya ves", le dije. "Me ha llamado la atención que hay algunas, las llamaremos irregularidades, que no mencionaste en tu solicitud de empleo. Por ejemplo, la pregunta en la segunda página sobre si alguna vez has sido condenada por un delito contestaste dijo que no. Sin embargo, cuando hice una verificación de antecedentes, resultó que te condenaron por robar en una tienda. ¿Qué hiciste? ¿Crees que no lo verificaría? "

Intentó sin éxito contener las lágrimas.

"Por favor", dijo ella. "Intenté ser honesta antes. Pero ni siquiera recibo una entrevista cuando lo ven. Estaba pasando un momento difícil en mi vida y he recibido asesoramiento para el ...".

"Robo", la incité.

Sus mejillas se pusieron carmesí.

"Sí. Y nunca volverá a suceder".

Ella sacudió la cabeza como diciendo, de ninguna manera, no cómo, no yo.

Ahora estaba casi lloriqueando, un gesto emotivo, que era agradable.

Encuentro que las mujeres son mucho más fáciles de tratar después de haber llorado bien.

Siendo lo caballeroso que soy, abrí mi cajón y le di una caja de pañuelos.

"Gracias", dijo, limpiándose la nariz y las mejillas.

"Esto es bueno", dije. "Tú y yo hablando así ... sacando toda la mierda. Porque eso es lo que va a pasar de aquí en adelante: Honestidad completa. ¿Crees que puedes hacer eso? ¿Ser completamente honesta?"

"Si." Las lágrimas ya se estaban secando.

Seguía siendo bonita incluso con el maquillaje corrido.

"¿Cuánto tiempo has estado buscando trabajo?"

"Dos años."

"¿Cómo llegas a fin de mes? ¿Novio o padres?"

"Padres".

"¿Es esa la única ropa profesional adecuada que tienes?"

"Si . . ." Miró hacia abajo y frotó su mano sobre la tela brillante como para hacerla desaparecer. "Lo siento."

"No hay nada de que arrepentirse", le dije. "Mira, voy a ser honesto contigo. La situación está en tu contra. Alguien más puede entrar aquí y con mucho menos de lo que tienes en el cuestionario, obtener mucho más de lo que nunca conseguirías, si sabes a lo que me refiero. Yo, por ejemplo. No soy muy alto y estaba casi calvo en la secundaria. ¿Crees que no tuve que arañar, hacer codos y poner zancadillas en esta situación? Déjame decirte. Tuve que trabajar cinco veces más duro que lo debería si yo hubiera sido más alto y de aspecto más ejecutivo. Era tentador rendirse tantas veces, pero tenía un objetivo en mente ".

Sus ojos asombrados.

El lloriqueo y tal vez mi discurso probablemente la hizo sentir bastante positiva en este momento.

Y ella necesitaría toda la positividad que pudiera manejar.

"Así que Gloria, déjame hacerte una pregunta. ¿Estás dispuesta a tener un objetivo en mente?"

"Sí señor."

Ella sacó su pecho orgullosamente, dejándome dar un agradable vistazo a sus deliciosos senos marfileños.

"Sí, lo estoy", terminó.

"Bien. Tú tienes algunas cosas geniales para ti que yo nunca tuve. Por un lado, tienes unos grandes ojos verdes y un par de labios sensuales. Labios que ... bueno, honestamente, labios a los que los hombres se refieren como labios que están hechos para chupar ".

Los grandes ojos verdes mostraron asombro de nuevo, pero seguían siendo bonitos.

Los labios, los labios todavía me endurecieron más, como una roca.

Cogió su cartera de cuero de mi escritorio y se puso de pie.

"Deja eso, Gloria, y quédate en tu asiento. Estamos hablando honestamente aquí ¿no? Dos adultos. Tú y yo. Ahora contéstame una pregunta. ¿Alguna vez has hecho una mamada antes?"

"Sí, pero eso fue-fue-fue con mi novio".

"Y probablemente se veía mucho mejor que yo. Bueno, les he dado trabajo a chicas antes. Chicas que estaban mejor calificadas. Chicas que no tenían antecedentes. Chicas que no han robado nada. ¿Ves dónde voy por aquí?

Se sentó de nuevo, agarrando la cartera desesperadamente.

"Sí señor."

"Bien. Así que no seamos más inocentes aquí, ni como tú conmigo. No somos tan diferentes tú y yo. ¿Ahora sí me entiendes?"

"No", logró pronunciar.

"¿Puedes decirme qué tiene de malo? Estoy limpio. No tengo ninguna enfermedad. No espero sexo. Solo un poco de miel para los ojos que me excitará y una mamada rápida ... y ya está."

Bien, no estaba siendo completamente honesto aquí.

Esperaría mamadas, muchas, y que se hagan bien, incluso profesionalmente.

Y dulces para los ojos.

Eso sí, ella es un buen dulce para los ojos.

Ella estaba mirando a un lado.

Estaba pensando en qué era bueno.

"¿Sin sexo?" ella preguntó.

"Así es. Sin sexo. Solo un rápido blowjob, al igual que pasó con el presidente de Estados Unidos. De todos modos, el sexo está sobrevalorado. Prefiero las mamadas. Con el sexo tienes que preocuparte por los juegos previos y la carrera completa. Con el sexo, debes preocuparte por besar, amar y abrazar después. Con mamadas las cosas son mucho más simples. Las mamadas son solo para el placer. Las mamadas te permiten retener tu poder. Puedes recibir una mamada casi en cualquier lugar y lo más importante, nunca he tenido un mal blowjob.

Seguía pensando, pero no había dicho que no.

Ella solo necesitaba que lo vendiera bien.

Y yo soy bueno vendiendo cosas.

"Mira, solo piensa en ello como un trampolín. Esto te sacará de la casa de tus padres y para ir por tu cuenta. También tendrás un trabajo y sabes lo que dicen. Es más fácil conseguir otro trabajo cuando tienes un trabajo."

Parpadeó la última lágrima y miró mi entrepierna.

"¿Realmente me vas a dar el trabajo?"

Yo quería sonreír.

Quería reírme.

Ella estaba comprando todo el lote completo.

Hice todo lo posible para contener mis emociones.

"Te lo dije, ¿no?"

"Está bien ... está bien, lo haré".

"Bien. ¿Por qué no cierras la puerta y lo haces?"

"¿Ahora?" ella preguntó con incredulidad.

"Así es. No somos amigos. No somos amantes. Esto es solo una relación comercial. ¿Qué crees que voy a hacer, confiar en la palabra de una ladrona condenada?"

"Pero hay gente allá afuera".

"Y la puerta estará cerrada", le dije. "Mira, toma tus cosas y vete o levántate y cierra la puerta".

Se levantó, cerró la puerta con llave y se quedó allí atónita.

Jesús, esto no iba a ser tan difícil de lo que pensaba.

CAPÍTULO 3

"Ahora ven aquí. Esa es mi chica. No, no te sientes de nuevo. Dame un pequeño espectáculo primero ... un poco de dulce para los ojos para ponerme de humor".

Ya estaba duro como una roca, pero quería que ella trabajara para ello.

"No entiendo."

Ella entendía muy bien.

Solo necesitaba que se lo dijeran, quería que fuera idea mía.

"Ya sabes, un pequeño striptease. Nada elaborado. Un pequeño show, nada complicado, un destello de bragas, y muéstrame tus tetas. Ponme de humor, chica. De lo contrario, estarás allí todo el día".

Ella hizo un intento patético de mostrar un poco de muslo y ombligo.

Mi erección se estaba desvaneciendo.

"Mira, es mejor que empieces a tomar esto en serio. Podría comenzar con veinte mil o treinta mil", le dije. "Piénsalo."

Eso hizo la diferencia.

Ella no era buena, pero con el tiempo aprendería.

Sabía lo suficiente como para mover sus caderas y frotar sus manos sobre su cuerpo.

Ella me dio un vistazo de sus bragas blancas de algodón.

Hice una mueca.

Ella se sonrojó.

"Esas bragas tendrán que irse. No ahora, pero se te pedirá que uses algo mucho más sexy de ahora en adelante".

Lentamente se desabrochó la blusa.

"¿De dónde sacas tu ropa interior, de saldos? No, no respondas eso. Vamos, quítatela. También podrías comprar algo que puedas desenganchar desde el frente, porque voy a querer ver tus tetas cada vez que me calientes ".

Se quitó la blusa y la dejó con cuidado sobre la mesa.

Luego, se quitó los tirantes del sujetador de los hombros e intentó tímidamente darse la vuelta.

"No te vuelvas" dije. "Quiero verte bien".

Ella giró el sujetador y desenganchó el broche.

Sus senos eran grandes con areolas gordas y desiguales y largos pezones puntiagudos.

Mmmm, mis favoritos.

Si ella fuera mi novia, se los habría besado.

Pero las cosas están como estaban, ¿así qué por qué molestarse en pensarlo?

Me recliné en mi silla y abrí las piernas.

"Sácame la polla".

Sacó mi polla de mis pantalones y la sostuvo en su mano, bombeándola lentamente.

"¿Sabes la diferencia entre una mamada y una paja, verdad Gloria?"

Bajó la mirada hacia la polla que tenía en la mano y asintió.

"Bésalo de arriba abajo. Esa es una chica. Mírame mientras lo haces para que pueda ver esos bonitos ojos verdes".

Ella levantó la vista expectante entre mis piernas.

Ella era perfecta.

Sabía que no iba a poder contenerme mucho con ella haciéndomelo.

"Ahora chúpalo. Cúbrete los dientes con tus labios regordetes, sí, esos labios chupadores. Mmmmm ... oh sí. Fuiste hecha para chupar pollas, ¿sabes eso? Ahora lo que quiero que hagas es de vez en cuando mientras haces, lo sacas de tu boca y abres tus labios y me besas la cabeza ".

Ella hizo lo que le pedí, pero no fue el efecto que estaba buscando.

"No así no." Levanté mi polla y la guié debajo de ella por el cuello, luego incliné su cara hacia arriba. "Frunce esos labios gordos y abre la boca un poco".

Ella hizo.

La cabeza de mi polla ahora estaba enmarcada por sus arrugados labios pintados con pintalabios.

Fue perfecto.

"Eso es hermoso, ahora quiero verlo sobresalir de tu mandíbula. Mierda, no, no así. Aquí déjame ayudarte".

Gire su cabeza para que su mandíbula sobresaliera de mi polla.

Sus gruesos labios estaban envueltos alrededor de mi miembro.

Dios, ella era tan jodidamente caliente.

"Mírame, Gloria".

Ella me miró con esos grandes ojos verdes, mientras lamía la parte inferior de mi miembro con su lengua de terciopelo.

"Joder, eres sexy. Apuesto a que tu novio quiere que se lo hagas así todo el tiempo", le dije, haciendo que sus mejillas se pusieran rojas. "Vamos nena, estoy listo para correrme ahora. Chúpame. Chúpame fuerte y rápido y ahueca mis bolas".

Ella descendió sobre mí, jodiéndome con su boca caliente.

Era obvio que ella lo había hecho esto antes, y muchas veces, y había caído en un ritmo.

Sin embargo, quería que fuera su tarea habitual.

Iba a convertirla en la Reina de las mamadas antes de que consiguiera otro trabajo.

"Más rápido, Gloria, más rápido", insté, manteniendo su cabello fuera de mi visión para poder verla en acción. "Chupa, chupa, chupa, no te escucho chupando".

Su boca sorbió y goteó, mientras aceleraba y bajaba mi polla.

Sentí el semen alzándose.

Casi le dije 'espera, quita que voy a correrme'. ¿Puedes creerlo? Estaba tan acostumbrado a quitarme antes ... Bueno correspondiendo que casi olvido que ya no tenía que hacerlo.

"Ugh, ugh, dulce hija de puta. Estoy listo. Estoy tan jodidamente listo. No te atrevas a dejar de chupar", le advertí, me recosté en mi asiento y agarré los reposabrazos con fuerza.

Joder, esto iba a ser grande.

Sentí mi polla hincharse y crecer aún más fuerte.

Mi semen surgió.

Maldita sea, mierda, ella me hizo correr como si fuera un adolescente.

Mis bolas se vaciaron, bombeando mi jugo caliente a su boca.

Ella emitió un sonido de incomodidad, pero siguió chupando diligentemente.

Saqué mi polla de su boca suavemente.

Sus labios estaban cerrados y algo de mi semen se filtraba entre sus labios fruncidos.

"Abre la boca para que pueda verlo". Dije.

Su rostro se sonrojó con un carmesí brillante y sus ojos se pusieron acuosos.

Claramente no quería hacerlo, pero al final cerró los ojos y abrió la boca.

"Déjame ver tu lengua. Wow, seguro que te di una buena carga, ¿no? No me he corrido así en mucho tiempo", le dije. "Continúa, ya sabes a dónde va a ir ahora. Por la escotilla".

Hizo una mueca, puso la carita sonriente más linda que he visto en mi vida y se lo tragó.

CAPÍTULO 4

"Eras una dulzura maravillosa. Ahora límpiame la polla y luego vuelve a ponerla en mis pantalones. Después de eso, puedes limpiarte".

Ella obedeció en silencio, evitando mis ojos todo el tiempo, como si fuera un extraño, lo cual estaba bien para mí.

"¿Puedes empezar mañana?" Yo pregunté.

"Sí señor", casi chilló ella.

"Bien", dije, sacando mi billetera. "Voy a darte mi tarjeta de crédito y quiero que vayas a comprarte ropa atractiva. Por atractiva, quiero decir apretada, corta y delgada y no, repito, no las compres en las tiendas de descuento. Nuevas bragas y sujetadores con las mismas especificaciones. No me importa lo que usan las otras mujeres por aquí, usarás medias y tacones para trabajar, todos los días. Si voy a tener que mirarte durante ocho horas al día entonces espero ver algo interesante a la vista. ¿De acuerdo?"

Ella asintió con la cabeza, tomando mi tarjeta de crédito.

"Sonríe cariño, espero sonrisas y una actitud amigable si vas a trabajar aquí", le dije. "Y un agradecimiento por el puesto sería bueno".

Su rostro se iluminó con una sonrisa momentáneamente.

"Gracias", dijo ella.

"Guarda los recibos. Ya me los pagarás a su tiempo".

Dios, era bueno ser yo.

Me desvivo con una chica hermosa...

CAPÍTULO 5

Dos años después. . .

Gloria entró en la oficina y cerró la puerta con llave.

Ella estaba casi irreconocible a cómo llegó aquí el primer día.

Su cabello era una masa de mechones oscuros platino.

Su ropa interior había sido seleccionada del catálogo de Victoria's Secret donde insistí en que comprara también toda su ropa de oficina.

Hoy llevaba una falda a rayas que le abrazaba las caderas y se partía hasta el muslo.

Debajo de su abrigo deportivo ajustado, su blusa blanca estaba desabrochada justo hasta mitad de su pecho, mostrando un sostén de encaje y sus firmes y redondos pechos.

Ella no era solo mi secretaria, se había transformado en la fantasía de la secretaria perfecta para cualquier hombre.

Llevaba una bolsa sobre su hombro que puso sobre mi escritorio.

"Te ves particularmente sexy hoy, Gloria. ¿Intentas obtener puntos extra para tu evaluación anual?" Yo le pregunté. "Bueno, puedo ser influido en el último minuto si sabes a qué me refiero. Así que dame un espectáculo especial hoy. Y será mejor que pongas todo tu esfuerzo en ello".

A veces puedo ser un verdadero bastardo, ¿no?

La verdad era que ya había escrito su evaluación y era muy buena.

La mejor que me atreví a darle.

Gloria me dio una sonrisa especial cuando puso la mano sobre el escritorio, sus senos jóvenes y firmes colgaban bajos en su parte superior, y encendió la radio a un nivel muy bajo.

Luego caminó de regreso a la puerta, bueno, era más como pavoneándose: un pie lo movía hacia el interior del otro, balanceando las caderas, trabajando ese culo firme y fino justo como me gustaba.

Cuando llegó a la puerta, se apiló el largo cabello oscuro platino sobre la cabeza, se dio la vuelta y se metió la patilla de las gafas en la boca.

Las gafas fueron idea mía, por supuesto.

Hay algo sobre una chica sexy con gafas que me pone duro en un minuto, y ya estaba duro.

"Señor Anderson", dijo. "¿Ya ha visto mi nuevo sostén? Es realmente sexy. ¿Le gustaría verlo?"

"Claro", dije. "Me encantaría."

"No sé", dijo ella, sus dedos ya desabrochando los botones de su blusa. "Es como mi jefe y todo eso. No sé si estaría bien".

"Pero a ti te gusta presumir ante tu jefe, ¿no? La forma en que te vistes todos los días, presumiendo tu cuerpo. ¿Crees que no sé qué estás tratando de seducirme? ¿Crees que todos en la oficina no lo saben? "

No pude sonrojarla, como solía hacerlo antes.

Era el único hombre en una oficina llena de mujeres.

Y cuando Gloria se presentó para su primer día de trabajo con sus trajes ajustados y sus tacones altos, un silencio cayó sobre la oficina cuando todas las otras mujeres se detuvieron y la miraron, sabiendo instantáneamente cómo la nueva secretaria había conseguido su trabajo y cómo pretendía mantenerlo.

Oh, cómo se sonrojó Gloria al sentir el calor de sus miradas.

Estaba de rodillas en mi oficina en cuestión de minutos.

Gloria se sentó en el borde de mi escritorio con sus largas piernas cruzadas.

Su falda subió mostrando la parte superior de sus medias y su pulsera de tobillo.

Se abrió a un lado su blusa, mostrando su sostén.

Era casi transparente: Pude ver fácilmente el contorno de su pezón rosado a través de la tela.

"¿Cree que es bonito?" ella preguntó.

"Realmente no puedo ver mucho aún para opinar".

Se quitó la blusa y balanceó su cuerpo al ritmo de la música.

"¿Puede verlo bien ahora señor Anderson?"

"Se ve bien hasta ahora, Gloria", le dije. "Pero me preguntaba. ¿Llevas bragas para combinarlo?"

"¿Como lo adivinó?"

Pero saben, por muy divertido que fuera jugar al inocente juego de secretaria y jefe, no era lo que quería hoy.

CAPÍTULO 6

"Gloria, ¿qué hay si dejamos esta actuación inocente y saltas sobre el escritorio. Quiero que seas mala hoy. Quiero que me tires esa mierda a la cara", le dije. "Ah, y no te olvides de quitarte los tacones. Todavía tengo rasguños allí desde la última vez.

Finalmente se sonrojó un poco.

Le gustaba interpretar a la inocente o incluso a la seductora, pero nunca a la stripper.

Por suerte para mí, no le pagaba porque le gustara su trabajo.

Sonriendo, vi cómo se quitaba los tacones y luego la ayudé a subirse en el escritorio.

Mira, yo también puedo ser amable.

Llevaba medias y no quería que se resbalara intentando subirse al escritorio.

Puse la radio en algo un poco más agradable, algo de rock duro...

Qué apropiado.

Bailó, para mí, moviendo su cuerpo sobre mi escritorio.

Se apartó y se quitó los tirantes del sujetador.

Cuando se dio la vuelta, sostuvo el sujetador ahuecado contra sus senos, apartándolo seductoramente.

Sus senos bien formados colgando como fruta fresca, ansiosa por la cosecha.

"Vamos, Gloria", insté. "Trabaja para mí. Sabes cómo me gusta".

Ella debería saberlo ya después de dos años.

La llevé a bares después del trabajo, para que pudiera ver cómo lo hacían los profesionales.

Después de eso, le ayudé en su práctica, y le di mis propias sugerencias sobre cómo podría mejorarla.

Se puso en cuclillas y apretó las caderas, trabajando su coño justo en frente de mi cara, justo como me gustaba.

La pequeña banda de tela que eran sus bragas, se deslizó entre los pliegues de los labios de su coño.

Dios, ella era una diosa y yo era el jefe más afortunado del mundo.

"Joder, parece que tu coño está tratando de comerse tus bragas", le dije. "Vamos, déjame verlo. Todo".

Se puso de pie y enganchó los pulgares en la cintura de sus bragas.

Dándose la vuelta, se las bajó un poco e inclinándose delante de mí para mostrarme su pequeño ano.

Luego, de nuevo al frente, hasta que pude distinguir el leve rastro de coño desnudo.

"Maldita sea, soy duro como una roca". Dije. "Déjame quitármelas yo y así puedo ver ese bebé de coño que tienes".

Se sentó y puso sus pies cubiertos de medias en mi regazo.

Mientras trabajaba para quitarla de sus bragas, me masajeó la polla a través de los pantalones con los pies.

El coño de Gloria se veía tan atractivo.

Sus húmedos labios afeitados se separaron, mostrando su estado de excitación.

Sobre ellos había un pequeño triángulo de cabello de dos pulgadas de largo por una pulgada de ancho.

El tamaño mismo de su triángulo púbico era parte de sus reglas de trabajo no escritas, al igual que el anillo del ombligo que brillaba en su estómago.

"Extiende esas piernas, nena", insto. "Yo también quiero ver el interior".

Un pequeño jadeo escapó de sus labios, mientras extendía sus piernas y empujaba sus caderas hacia arriba.

Su coño, tan húmedo y acogedor.

¿Creería que aún no lo había jodido?

Por increíble que parezca, era cierto.

Recibía mi mamada diaria y algunas veces dos veces al día, pero nunca entré en su coño.

A juzgar por algunas de sus miradas decepcionadas y su estado obviamente excitado, podría haberme metido dentro de él en muchas ocasiones si lo hubiera querido.

Pero, seamos sinceros.

Tenía mamadas cuando quisiera y una relación totalmente no complicada.

Lo último que quería hacer era joderlo y arruinarlo.

"Date la vuelta", le dije. "Quiero follarte la boca".

Sus ojos rogaron: "Por favor, ¿podemos hacer otra cosa?"

Pero se dio la vuelta obedientemente, inclinó la cabeza hacia atrás sobre el borde del escritorio y su cabello cayó en cascada sobre mi regazo.

Sus grandes ojos verdes estaban grandes y suplicaban: "No hagas esto hoy".

Pero era su día de evaluación anual después de todo, y no tenía intención de hacerlo más fácil.

Por eso quería follarle la boca; algo que solía guardar como castigo.

Oh, lo sé, ella preferiría ponerse de rodillas y hacérmelo bien y me lo haría muy bien.

Era experta en el aleteo de la lengua, chupar las pelotas, el beso corto, el masaje de la lengua, la provocación de la uretra, el puño retorcido.

Como dije antes, era el jefe más afortunado del mundo.

Me puse de pie y me bajé los pantalones y los calzoncillos hasta las rodillas.

Ella abrió la boca e hizo todo lo posible para nivelar su garganta, mientras empujaba mi polla.

"Extiende tu coño para mí", le ordené. "Quiero ver ese coño mojado mientras te follo la boca".

Ella gruñó y la ráfaga de aire caliente me hizo cosquillas en las bolas mientras ella obedientemente separaba los labios de su coño.

Estaba en el cielo.

Empujé su boca de un solo golpe hasta que mi pubis le golpeó la barbilla.

Podía sentir su náusea involuntaria ante la intrusión.

Oh, cómo odiaba eso.

No tanto porque era incómodo, sino porque no podía hablar bien cuando terminaba y también causaba estrías rojas a cada lado de sus labios pintados.

Era vergonzoso para ella e hacía todo lo posible para evitar a otras personas cuando todo terminaba.

Y aunque lo hacía muy bien, siendo el bastardo que soy, normalmente llamaba a una de las otras muchachas que trabajaban con ella para pedirla un informe cuando terminaba.

Solo pensar en eso hizo que el semen hirviera en mis bolas.

Joder, pensé en el juego de baloncesto que vi la noche anterior, trabajando en todas las posesiones, pensando en otra cosa, para evitar correrme demasiado pronto.

Quería saborear el momento.

Cuando recuperé el control, aceleré el ritmo.

Su respiración se estaba volviendo más difícil.

Gloria todavía mantenía los labios de su coño abiertos, pero ahora un dedo bailaba sobre su clítoris en pequeños círculos.

"Lo sabes hacer mejor", le dije. "Juega con tus pezones durante un rato".

Estábamos aquí para mi placer, no para ella.

Sentí su gruñido enojado vibrar contra mi polla.

Sus largas uñas pintadas de rojo se movieron hacia arriba, se afinaron y tiraron de sus pezones.

¡Mierda!

Tuve que pensar en la actuación más jodida del árbitro del partido de ayer solo para recuperar el control de mi mente.

La cogí más rápido.

Su garganta estaba apretada alrededor de mi polla.

Su respiración se dificultó.

Joder, joder.

Traté de pensar en el juego de baloncesto de nuevo, pero ya no pude.

Mierda, me iba a correr sin remedio.

Pero luego, antes de que pudiera, ella agarró mi polla y se la sacó de la boca y se sentó.

"¡Qué carajo!" Casi grité, olvidando momentáneamente dónde estábamos.

Ella tosió y se limpió la saliva de sus labios, y señaló un dedo en mi cara.

"Ya no puedo hacer esto", dijo, con la voz ronca, ronca por mi devastación en su garganta.

"¿Qué?" Estaba asombrado "¿Tienes otra oferta de trabajo? ¿Te mudaste con algún imbécil?"

"No", dijo ella. "Mira, sé que me has estado dando malas referencias de mí ... y crees que no sé cómo siempre parezco tener horas extras cuando voy a salir con alguien. O cómo apareces en mi casa de repente para vigilar si estoy con alguien. ¿Qué tipo de cosas extrañas solo para asegurarme de que no encuentre una salida de nuestro trato? "

"Mira", mierda, estaba duro y necesitaba correrme. Lo último que queríamos el Señor Polla o yo era una discusión. "Sé que a veces puedo ser un imbécil, pero te he cuidado, ¿no? Me arriesgué cuando nadie más lo hubiera hecho. Eres una de las secretarias mejor pagadas de aquí sino la mejor pagada. Y el día de la Secretaria ¿Quién siempre tiene los mejores regalos?

"No me importa eso una mierda", dijo. Dios, ella realmente estaba enojada. "Este arreglo ya apesta. Y vamos a tener que resolverlo con algo más".

Quería sonreír ante su juego de palabras involuntario, pero ella no parecía estar de muy buen humor.

De lo que estoy seguro es de que quería mantenerla.

No era una mala secretaria y era increíblemente atractiva, sin mencionar sus habilidades orales que habían crecido considerablemente.

Y lo más importante, el Señor Polla no quería que perdiera lo mejor que le había pasado desde que descubrí la masturbación en la adolescencia.

"¿Y más deseas?" Yo le pregunté.

Esperaba que ella me enfrentara.

Discutirme por una mamada por semana.

Tomarse un tiempo libre.

Hacerme prometer darle unas buenas referencias.

En cambio, me sorprendió cuando ella se inclinó sobre la mesa, extendió esas largas y hermosas piernas y se puso a mi disposición.

CAPÍTULO 7

Era obvio lo que quería, pero todavía estaba un poco enojado por la forma en que me había comentado sobre la situación.

No me dolió que volviera a controlar la situación nuevamente.

Entonces, en lugar de joderla como un nuevo terreno, provoqué su agujero caliente con la cabeza de mi polla.

Ella trató de tambalearse contra mí, pero me retiré y reanudé mis burlas.

"Gloria", le dije. "No estoy seguro de qué es lo que quieres. ¿Por qué no me lo dices?"

Ella trató de empujarse contra mí otra vez.

De nuevo era obvio lo que quería, pero quería escucharla decirlo.

Ella gruñó, gimió y arqueó la espalda.

Dios, ella era tan jodidamente sexy.

Sin embargo, me había chupado al menos una o dos veces cada día laboral durante los dos últimos años.

Sentí que estaba en una posición de fuerza mucho mejor que ella.

Y finalmente, se demostró que estaba en lo correcto.

"No me importan esas cosas, solo te necesito dentro", jadeó. "Te necesito dentro de mí. Necesito que me 'folles'. Joder, te necesito tanto en mi coño. Por favor, te lo ruego. Ugh, estoy ... oh, Dios, estoy tan desesperada".

Eso era música para mis oídos.

"Estabas desesperada por un trabajo, y ahora estás desesperada para que te follen", le dije, todavía burlándome de su coño. "Personalmente, me gusta nuestro acuerdo actual. Pero, tienes un coñito caliente ahí abajo. ¿Te importa si lo tomo como una prueba de tu compromiso con el trabajo?"

"¡Síiiiii!" ella gimió, mientras le daba una cachetada y le metía mi dura polla. "Oh sí, eso es, jódame. Fólleme duro".

"Silencio," siseé.

Gloria se chupó un par de dedos para amortiguar sus gritos, mientras yo aceleraba el paso.

Dios, tenía calor y oh, ¡cómo estaba mojada!

Mi polla brillaba por su abundante leche.

No pasó mucho tiempo antes de darme cuenta de que iba a reventarme dentro de ella y para lo que aún no estaba lista.

Así que me retiré y comencé a molestarla una vez más.

Ella gimió de consternación e intentó retroceder y empalarse en mi polla.

CAPÍTULO 8

"Mmmm, eso estuvo bien", le dije. "Pero te das cuenta de que, al poner tu coño en juego, por así decirlo, simplemente lo pones todo. . ."Empujé mi polla a la mitad de su apretado coño, me detuve, luego la saqué por completo". Y lo digo en serio." Moví mi polla aproximadamente media pulgada hacia arriba, y empujé contra el fruncido apretado ano en su trasero. "¿Qué te parece si jugamos con la parte sur? ¿Entiendes lo que te estoy diciendo? Quiero probar tu culo por un tiempo ahora. . . a ver por cuál agujero me gusta más ".

Gloria no se apartó.

En cambio, ella empujó contra mí.

"Ummm, solo ummm, oh, Dios, por favor no me hagas daño", gimió.

"No debería dolerte mucho con lo lubricada que estás", la tranquilicé. "Solo trata de relajarte". Y luego empujé en su apretado ano.

"Oh Dios. Oh, Dios", jadeó, luchando por retirarse, pero mi escritorio la retuvo.

"Mantenlo abajo," siseé.

Mierda, ¿qué estaba tratando de hacer para atraparnos?

Por mi parte, disminuí la velocidad y me detuve cuando estaba con mi polla medio metida en su trasero.

Tengo que decirte que fue puro placer.

¿Apretado?

Apretado, ni siquiera comienza a describir lo que sentí cuando estaba en su trasero.

Era como tener mi polla ordeñada por un hambriento guante de terciopelo.

La cogí un par de veces, muy lentamente.

Lento dentro y lento hacia fuera.

Solo metiéndolo a la mitad cada vez.

Me hubiera gustado haber hecho más, pero Gloria estaba haciendo demasiado ruido, incluso con tres dedos apretados en su boca.

Solo sé paciente, me dije.

"Tienes un pequeño trasero caliente, Gloria", le dije, sacándole la polla. "Voy a tener que hacer eso de nuevo. Sí, evidentemente".

Su trasero era tan lindo y su ano estaba distendido y rojo.

Lo toqué con el dedo, haciéndola jadear, solo por diversión.

Luego, me moví alrededor del escritorio y saqué sus dedos de su boca.

Ella sabía lo que quería, pero giró la cabeza hacia un lado, tratando de evitarlo.

"Vamos Gloria", le dije. "Por todos los agujeros, nena. ¿De qué otra manera voy a saber qué agujero me gusta más? Además, tendré que correrme aquí antes de que vuelva a donde quieres que te la meta. Sabes a qué me refiero, ¿verdad?"

Ella examinó mi polla con una mirada de disgusto, pero al final, lo quería en su coño más de lo que no quería chuparlo.

De mala gana, abrió la boca y la tomó.

Le cogí la boca durante unos minutos, luego me retiré y volví al otro lado de la mesa y la volteé.

Su coño estaba a la altura perfecta.

Prescindí de los juegos y empujé mi polla bruscamente contra ella.

Golpeé su coño al ritmo de la música.

Quería que supieran que había sido follada.

Gloria hizo una mueca y gruñó con cada empuje.

"Juega con tu coño y chúpate los dedos, nena", le dije. "Me estoy preparando para correrme y quiero un poco de dulce para los ojos".

Y me estaba acercando mucho a correrme y ninguna cantidad de juegos imaginativos o pensar en el informe que tenía que entregar en una hora iba a retrasarlo más.

"¿Estás tomando la píldora, Gloria?" Pregunté, obligándome a reducir la velocidad un poco.

Ella sacudió su cabeza.

"No", murmuró ella.

"Pero quieres que me corra dentro de ti, ¿no?" Yo pregunté.

Ella negó con la cabeza, pero eso no fue lo que dijo.

"Sí," siseó ella.

Salió como no más que un susurro.

"Entonces dime", insté. "Dime dónde lo quieres. Dime qué quieres, ladrona sucia".

"Lo quiero en mi coño ... quiero que te corras dentro de mí".

Sus manos agarraron mi trasero y me empujaron con fuerza dentro de ella.

"¿Te dije que dejaras de jugar con ese coño?" Yo pregunté.

Sacudió la cabeza y volvió a bajar las manos a la entrepierna, reanudando el viejo círculo alrededor de su clítoris.

"Más rápido", exigí y con un jadeo, ella obedeció obedientemente.

Mi ritmo se aceleró.

Maldita sea, me estaba acercando y ella era tan jodidamente hermosa.

Y la cantidad de control que tenía sobre ella hacía la situación aún mucho más caliente que ella.

Ella era mi secretaria, mi última secretaria.

Las medias, el brazalete de tobillo, el anillo del dedo del pie, el anillo del ombligo, las uñas largas y el cabello oscuro platino fueron todo para mí.

Debería haber sido suficiente para cualquier hombre y, sin embargo, quería más.

"Quiero que vayas a la clínica después de esto y obtengas una receta para la píldora, ¿de acuerdo?" La agarré por los pezones y tiré.

"Sí", jadeó.

"Si qué?" Yo pregunté.

"Sí, mmm. Señor Anderson".

"Requieren un examen para eso, ¿no, Gloria?" Dije.

Oh sí, el semen estaba aumentando ahora.

Iba a ser pronto.

"Sí, señor Anderson".

"Quiero que vayas allí cuando termine de follarte, ¿entiendes?"

"Uhhmm, sí señor, señor Anderson".

Sus largas piernas se envolvieron alrededor de mi cintura, atrayéndome hacia ella con cada empuje.

Su coño me apretó con fuerza.

"¿Qué pensarán de ti apareciendo con un montón de esperma, eh, Gloria? Y será mejor que no te sientes en el camino a menos que quieras dejar el lugar bien húmedo", le dije.

Podía sentir mis espasmos en las bolas.

No podía contenerme más, era en ella o en ella.

"Uf. Voy a llegar ... ¿dónde lo quieres? ¿Dónde lo quieres?"

Tenía los ojos cerrados y su rostro retorcido de pasión.

"¡En mí! ¡En mí! ¡Oh, Dios! ¡oh, dios! ¡Córrase en mi coño! De prisa ... ¡joder, joder, yo también voy!" ella gimió.

Jesús, ella era ruidosa.

Cubrí su boca con mi mano mientras continuaba follándola, bombeando chorro tras chorro de semen en su apretado coño.

La follé tan fuerte como pude, tirando papeles del escritorio al suelo.

Gloria se sacudió debajo de mí como un bronco, levantando su trasero del escritorio, mientras sostenía mi fuerte agarre entre sus fuertes muslos.

Me sentí débil cuando terminé, pero aún quedaba mucho por hacer.

Cuando salí de ella, puse su mano sobre su coño.

"Aguántalo todo", ordené.

Luego la ayudé a ponerse las bragas.

Cuando movió su mano, mi semen goteó, manchando la entrepierna.

"No me vas a obligar en serio a hacer esto, ¿verdad?" ella preguntó.

"Oh sí", dije. "Lo vas a hacer. Y luego me contarás todo sobre esto esta noche".

"¿Esta noche?"

"Sí", le dije y la besé. "Esta noche cuando te vuelva a follar".

"Por favor", rogó. "No me hagas hacer esto ... van a darse cuenta ... y lo van a difundir. Oh, Dios, lo verán todo. ¿Qué pensarán?" Bajó la mirada al suelo, negándose a mirarme.

"Pensarán que acabas de tener la jodida de tu vida".

"P-pero, ¿qué voy a decir?"

Levanté su barbilla hacia arriba, obligándola a mirarme a los ojos.

"Dirás: Sí señor, señor Anderson".

Se mordió un labio tembloroso.

Sus grandes ojos verdes estaban abiertos como platillos.

"Sí señor, señor Anderson".

"Además, estoy seguro de que pensarás en 'algo' que decirle al médico o la enfermera. Diles que te caíste y aterrizaste en la polla de tu jefe camino al almuerzo", le dije y le di unas palmaditas en el trasero mientras caminaba. mansamente por la puerta.

Oh sí, ser jefe tiene sus privilegios.

FIN

SITUACIÓN INESPERADA
ERIKA SANDERS

45

CAPÍTULO I

"Te estaré esperando en la habitación, ponte algo revelador", le había dicho John.

Le trataban como si fuera comida para llevar, pensó Gina cuando terminó la llamada.

Y así es como se sentía ahora, mientras se aplicaba el maquillaje en el espejo del tocador: ojos ensombreados, labios rojos en forma de corazón, y el suficiente maquillaje en la cara como para no hacerla parecer una figura de un museo de cera.

¿Algo más que desee en su pedido, cariño?

Satisfecha con su trabajo, caminó descalza por la alfombra del dormitorio, solo vestida con el sujetador y las bragas, y abrió el armario.

De un estante por encima de donde estaba su ropa sacó una pequeña caja con dinero y se la llevó a la cama.

Cuando ella la abrió, cayeron sobre las sábanas de seda muchos billetes de diez y de veinte.

Gina contó cuatro de veinte y guardó los demás dentro de la caja.

Volvió a colocar la caja en el armario, metió el dinero en su bolso y comenzó a vestirse.

John vivía al otro lado de la ciudad en una lujosa casa unifamiliar de cinco dormitorios cerca del canal.

Le llevaría diez minutos conducir allí, dependiendo del tráfico de la tarde.

Él era un cliente relativamente nuevo de ella al que había atendido seis veces hasta ahora.

Ella lo odiaba.

Era arrogante, rudo y complétamente pervertido.

Era de ascendencia italiana: color de piel oliváceo, una nariz grande y lleno de grueso pelo negro todo él.

A John le encantaba comer y Gina pensaba que parecía una mezcla entre un gángster de los años cuarenta y un cerdo barrigón.

Él se había jactado de los vínculos que tenía con el inframundo criminal, pero Gina no estaba segura de cuánto de lo que decía era verdad.

Ella pensaba que él solo estaba tratando de impresionarla.

Ella no podía entender por qué los hombres pensaban que esto era atractivo para las chicas.

Gina odiaba la violencia y apagaba una película a la primera señal de sangre o violencia.

Pero John definitivamente estaba en algún tipo de negocios poco confiables.

Ella había visto armas en su casa.

Había escuchado llamadas telefónicas acaloradas durante su relación sexual que John se negó a ignorar.

Hablando de dinero y drogas.

Ella encontró a hombres aborrecibles como John: codiciosos, egoístas, deshonestos y corruptos.

Sin embargo, ella necesitaba demasiado el dinero.

La vida de Gina estaba llena de deudas.

Un curso universitario de humanidades, el mini Fiat, que conducía a su trabajo de secretaria todos los días, comprar ropa, vacaciones en Ibiza y un préstamo que había sacado para amueblar su departamento.

Ella estaba nadando en deudas, pero las compañías de préstamos nunca le habían negado ninguno.

Y era por eso por lo que había estado trabajando como acompañante privada durante el último año.

Privada era la palabra clave.

No tenía publicidad en línea, demasiado temerosa de que su familia o amigos descubrieran su sórdido secreto.

Si no que ella dependía del boca a boca y de sus clientes habituales, tipos como John.

El primer hombre que le pagó por tener relaciones sexuales con ella se llamaba Peter.

Lo conoció en un sitio de citas después de su ruptura con Adams, pero supo instantáneamente que no era para ella.

No era el hecho de que tenía unos cuarenta y era quince años mayor que ella.

En realidad, esa era la razón por la que lo había conocido en primer lugar, pensando que un hombre mayor podría darle lo que Adams, un muchacho de veinticuatro años, no había podido.

Compromiso, seguridad, nuevas experiencias sexuales tal vez.

Ella simplemente no sentía ninguna conexión con Peter, y lo supo en una hora después de su primera cita, la cena para dos en un restaurante indio en la parte más agradable de la ciudad.

Ella se despidió y le agradeció una deliciosa comida, pensando que sería la última vez que lo vería.

Pero Peter estaba más interesado en ella de lo que inicialmente había pensado.

Él la contactó dos días después con una oferta para pagarle por sexo.

Gina se sorprendió al principio, incluso se sintió ofendida.

Con su bronceado profundo, cabello rubio teñido y su inclinación por la ropa reveladora, sabía que daba una cierta impresión atractiva.

Pero eso no la convertiría en una zorra, ni en alguien que abriera sus piernas ante la primera señal de problemas financieros.

Ella ciertamente había conocido chicas que sí lo harían.

Pero Peter parecía ser un tipo tan agradable, y cuanto más Gina pensaba en su deuda, comenzó a preguntarse que qué daño había en aceptar la oferta. Habría un beneficio mutuo.

Peter la poseería y ella obtendría el dinero que necesitaba desesperadamente.

Si nadie acaba lastimado, realmente, ¿cuál era el problema?

Gina era una ingenua, sin embargo.

Nunca previó cuán adictiva podía ser el sexo pagado, ni cuán miserable y barata la haría sentir.

Para empeorar las cosas, Peter no era el caballero que ella primero había pensado que era.

Pronto se corrió la voz de que ella era buena en sus servicios y solo podía haber sido esto porque él lo difundiera directamente.

Las ofertas de todo tipo, a través del sitio de citas en el que había conocido a Peter, llenaron su buzón.

No podía creer cuántos hombres mayores había que buscaran mujeres más jóvenes para tener relaciones sexuales, y cuántos estaban dispuestos a pagar por ello.

Había sido muy lucrativo para ella y pronto aprendió que podía ganar más dinero si estaba dispuesta a ampliar sus límites un poco más.

Los hombres pagaban más por cosas como anal, dominación, lluvia dorada y varios tipos de juegos de rol.

Gina había invertido en uniformes de colegiala, lencería sexy y látigos. Había comido todo lo que le sugirieron, y se metió toda clase de objetos dentro de ella e incluso había fingido amamantar a un hombre de cincuenta años vestido con un pañal.

Por supuesto, John, con su dinero, había disfrutado de todos los servicios disponibles.

Desde prostitutas de clase alta hasta estrellas porno e incluso modelos de página tres.

Era una obsesión que rayaba en la adicción.

Parecía que todas las chicas jóvenes y hermosas estaban dispuestas a vender sus atributos mientras aún los tuvieran deseables.

Era trágico.

Entonces, no fue una sorpresa, que luego de enterarse por un amigo, John contactara con Gina.

Y esta noche iba a ser su quinta vez juntos.

Gina miró su reloj y se arregló su ropa en el espejo del pasillo. "Todo habrá terminado en un año, niña", se recordó a sí misma.

'Puedes hacerlo.'
Luego agarró sus llaves y salió por la puerta.

CAPÍTULO II

Diez minutos después, se detuvo en Midesting Road.

Eran poco más de las diez y media y una fiesta en la piscina en una de las otras casas estaba en pleno apogeo.

Condujo a través de las puertas de hierro forjado de la casa de John y estacionó el Fiat en el camino.

La luna brillaba en el techo del Mercedes plateado de John mientras oía el sonido de sus tacones crujir por la grava e iba hacia el lateral de la casa.

John le había dicho que entrara por la entrada trasera.

Esta noche van a jugar un juego de rol.

Él va a estar acostado en la cama y ella va a entrar, como una ladrona, y sorprenderlo.

A John le encantaba mezclar las cosas.

Ella nunca había conocido a un hombre tan sexualmente imaginativo.

Se detuvo a mitad de camino por el costado de la casa y miró hacia arriba y hacia abajo por el callejón.

Estaba segura de que nadie la vería allí, pero quería asegurarse por las dudas.

Se bajó las bragas, deslizándolas por los talones, y luego se arregló la falda.

Ella metió las bragas dentro de su bolso.

Encaje rojo, el favorito de John.

Luego se tambaleó sobre sus tacones por el camino y abrió la puerta que daba al jardín trasero.

Una papelera metálica resonó cuando accidentalmente la pateó con la punta de su tacón afilado.

'¡Estúpida!' Se amonestó a sí misma.

La luz de la cocina estaba encendida y la puerta del patio que daba hacia ella estaba entreabierta.

John debe haberla dejado abierta para ella.

Gina se echó el pelo hacia atrás, continuó con su sensual caminata y entró a la casa.

Percibió olor a quemado al entrar en la cocina y cerró la puerta.

Probablemente era uno de los cigarros que a John le gustaba fumar.

Él era un gángster tan fumador.

La casa estaba silenciosa.

John debe estar esperándola en la cama como le había dicho.

Gina caminó a través del comedor amueblado de forma muy concienzuda, todos los muebles modernos y de madera con un tono de color rojo oscuro, y salió al pasillo.

Ella miró hacia la escalera de caracol.

"John", dijo burlonamente. '¿Estás listo o no?'

Sus tacones resonaron en los peldaños pulidos mientras subía las escaleras.

Cuando giró hacia el pasillo, vio la puerta del dormitorio de John abierta.

La luz estaba encendida pero aún no hacía ningún ruido.

Entonces escuchó un crujido.

'¿John?'

El bastardo gordo probablemente estaba sentado en su trono en el baño en suite.

Gina se alisó su cabello, se bajó el escote y entró en la habitación.

Todo pareció detenerse en ese momento.

Todo el cuerpo de Gina se congeló.

Acostado en la cama, completamente desnudo y mirando al techo, estaba John, con un charco de sangre empapando las sábanas a su alrededor y con la garganta cortada.

Gina soltó un grito.

Una figura oscura salió de detrás de la puerta y la agarró, pasándole un brazo alrededor del cuello y poniéndole la mano en la boca.

'No hagas ningún ruido o a ti también te cortaré el tuyo', dijo.

Gina sintió la punta fría y afilada de un cuchillo en el cuello.

'¿Quién eres?' ella gimió.

'Alguien a quien no te gustaría joder'

El hombre le apretó el cuello con más fuerza con su musculoso antebrazo.

'¿Qué estás haciendo aquí?'

'Vine a ver a John'.

'¿Para qué? '

'Él me pidió que lo hiciera'.

'¿Por qué?' exigió el hombre.

'Solo para verlo'.

Él aplastó la tráquea de Gina con su brazo, haciendo que se atragantara.

'¿Por qué?' gritó.

'Para tener sexo', Gina se las arregló para balbucear.

Ella comenzó a toser cuando el hombre alivió la presión alrededor de su cuello.

'¿Eres una prostituta? ' él dijo.

'No!'

'¿Entonces qué?'

'Una acompañante'.

"Es lo mismo", dijo el hombre.

Gina no dijo nada, demasiado temerosa de que el hombre pudiera romperle el cuello o apuñalarla si lo contrariaba.

"Parece que tenemos un problema", dijo.

Se giró hacia el cuerpo sin vida de John, manteniendo a Gina firmemente sujeta entre su brazo y su pecho.

Gina sintió que iba a enfermarse al ver tanta sangre.

"Ahora eres testigo de un asesinato".

'Por favor', suplicó Gina.
'No se lo diré a nadie. Solo déjame ir.'

CAPÍTULO III

Del hombre surgió una risa siniestra.

'Seguro entiendes que no va a ser tan fácil como eso'.

El miedo se disparó a través del cuerpo de Gina.

Sintió como una cálida orina comenzaba a gotear por el interior de sus piernas.

Ella no quería morir esta noche.

El hombre la agarró del brazo con su mano enguantada en cuero y la llevó al baño.

Él cerró la puerta detrás de ellos y se volvió para mirarla.

Gina retrocedió a un rincón cuando vio su rostro.

No había esperado que fuera uno de los rostros más hermosos que jamás había visto, pero fue la profunda cicatriz que corría por un lado de su mejilla lo que más la sorprendió.

Y su cuerpo parecía hecho para matar, con unos hombros de campeón de boxeo y que podría romper un cuello por la mitad.

Él era un monstruo.

La miró de arriba abajo con unos duros ojos azules.

'¿Quién sabe que estás aquí?'

'¡Nadie! Por favor, puedes dejarme ir y escapar. Te aseguro que no le diré a la policía'.

Se acercó a ella en un paso lento y depredador.

'Es demasiado tarde para eso. Ya has visto mi cara'.

'Prometo que no lo contaré. Por favor, ni me preocupas tú ni John, solo quiero ir a casa. No quiero morir ". Gina estalló en lágrimas.

El hombre puso una mano enguantada sobre su hombro desnudo y se acercó amenazadoramente a su rostro.

Gina sintió que el aire cálido de su nariz le rozaba las mejillas.

'Ya, ya, ya', ronroneó. '¿Por qué arruinar esta cara bonita?'

Pasó un largo dedo por la mejilla surcada de lágrimas de Gina.

Todo el cuerpo de Gina se convirtió en hielo cuando sintió su toque.

Había algo extremadamente conflictivo sobre la atracción que sentía por el cuerpo de este hombre y el miedo que sentía al ser inmovilizada contra la pared por alguien que sabía que podía matarla fácilmente.

Él se inclinó más de cerca y pasó su áspera lengua por su rostro, haciendo que ella sintiera como un escalofrío recorría a través de su piel.

Ella no esperaba lo que vendría después.

La mano enguantada del hombre se deslizó debajo de su falda, mientras sus largos dedos tanteaban a sus labios expuestos.

'Niña traviesa', dijo ante su inesperado descubrimiento.

'Por favor ... oh'

El hombre se había quitado el guante y un dedo largo y carnoso estaba ahora dentro de ella.

Encontró el clítoris de Gina sin problemas y lo masajeó, creando un calor que comenzó a extenderse dentro de ella.

Pasó la lengua por los firmes contornos del cuello de Gina al mismo tiempo.

Gina se volvió y vio su reflejo en el espejo sobre el fregadero.

Y vio también a esta alta y extraña bestia que se hunde en su cuello como un vampiro, con la hoja del cuchillo en su mano libre destellando por la luz del halógeno como una advertencia.

Ella no se atrevió a moverse por temor a que él usara su punta afilada contra ella.

El hombre se apartó y recorrió su cuerpo con la mirada.

Había una profunda excitación en ellos como si él pudiera ver su cuerpo desnudo a través de la ropa.

Él deslizó su bolso de su hombro y lo dejó caer en el suelo, mientras un tubo de lápiz labial y unas bragas rojas se derramaban sobre las baldosas.

Él agarró uno de sus pechos a través de su chaleco ajustado a la piel y lo apretó suavemente, luego pasó el dedo por el pezón cuando se puso firme.

Ella era masilla en sus manos.

'¿Qué vas a hacer conmigo?' Preguntó ella.

'Ya que estamos solos y tenemos el lugar listo solo para nosotros, te voy a dar lo que ese tipo de ahí nunca te habrá dado'.

Oh, Dios, pensó Gina. Eso no.

Sintiendo su miedo, el hombre sonrió.

'No te preocupes. Una vez que me experimentes en tu coño estarás contenta de que el otro esté muerto.

El hombre tenía razón sobre que estaban solos.

Sin vecinos cerca, cualquier grito de ayuda daría resultados infructuosos.

Si ... si ella accedía, hacía lo que dijo el hombre, podría salir viva de la casa.

Con todas las demás probabilidades apiladas en contra de ella, ¿qué otra opción tenía ella aparte de realizar el mejor juego de rol de su vida?

Así que tomó una decisión.

Ella iba a hacer la mejor actuación de su vida.

Y si fracasaba, ella tenía un plan de respaldo.

"Quítate eso", gruñó el hombre, apuntando con la cabeza hacia su chaleco.

Gina hizo lo que él dijo.

Cuando el chaleco se deslizó sobre su cabeza, ella sacudió su cabello y le clavó sus ojos en el cuerpo.

"Quiero que tú también te desnudes", dijo.

El hombre dejó escapar una risa burlona.

'No me vas a decir qué hacer. Y no soy tan estúpido como pareces creer. Tírala hacia abajo'. Él señaló con la cabeza hacia la falda de Gina.

Ella se desabotonó la falda y la dejó caer por sus piernas, luego la pateó hacia él con su tacón.

Ella estaba allí delante de él en tacones y sujetador, y con afeitados labios vaginales expuestos al aire fresco del baño.

Levantó sus ojos azules rodeados de rímel a la mirada penetrante de su captor.

"Que dulce y hermosa", dijo, aspirando aire a través de sus fosas nasales. 'Date la vuelta.'

Gina se dio la vuelta y miró hacia la pared de azulejos.

A través del reflejo del espejo, ella observó cómo el hombre se inclinaba y acariciaba su entrepierna mientras estudiaba su trasero.

El gran bulto que vio que sobresalía en sus pantalones le hizo saber que estaba bien dotado.

Él hizo que se ella inclinara hacia adelante, la agarró por las caderas y llevó su entrepierna hacia ella.

El bulto duro y gordo ahora le estaba presionado la hendidura de sus nalgas.

Su mano desnuda le tocó el culo y la empujó hacia delante, con el cuchillo aun firmemente agarrado en la otro.

Gina lo observó mientras lo colocaba en el mostrador junto al lavabo y comenzaba a desabotonarse los pantalones.

Ella miró el cuchillo, luchando contra el impulso de agarrarlo.

Pero ella sabía que no podía ser tan estúpida; con su tamaño, el hombre dominaría su pequeño cuerpo de metro y medio en segundos. Aun así, fue tentador ... muy tentador.

Sus pantalones negros cayeron al piso revelando un par de boxers también negros sobre unos enormes y musculosos muslos.

Su erección se alzaba hacia el dobladillo, hinchada y enorme.

Gina se tragó el jadeo que casi escapó de su boca.

¿Cómo iba a poder meterse todo eso?

La gran polla estaba tensa contra la tela apretada de sus calzoncillos, ansiosa por salir.

Cuando el hombre se los bajó, la gran cabeza morada cayó sobre las mejillas de Gina.

El grueso y muy venoso miembro tenía al menos veinticinco centímetros de largo.

El asesino era un Adonis sexual.

Él le agarró la cadera con la mano que aún tenía enguantada y tomó su verga con la otra, guiándola hacia los labios vaginales de Gina.

Cuando sintió el cálido y suave pollón entre sus labios, Gina jadeó.

Y cuando se la metió en el interior, sus rodillas casi se doblaron.

El pene se introdujo a una profundidad audaz, palpitando con excitación dentro de su vagina húmeda y caliente.

Golpeó un área dentro de Gina que nunca había sido penetrada antes, y su clítoris traicionero comenzó a bombear con excitación, la humedad se fue acumulando en sus labios y paredes para acomodar a esta nueva y excitante llegada.

El hombre comenzó a empujar, sus fuertes caderas pudieron forzar la dureza de las paredes internas de Gina a una velocidad extraordinaria.

Se sintió increíble.

Ella se agarró al borde del mostrador del lavabo mientras él continuaba penetrando sus húmedos labios vaginales, sus bolas golpeándose contra ella.

Se quitó el otro guante y con sus grandes y sorprendentemente suaves manos recorrieron su espina dorsal y le abrieron el sujetador.

Éste cayó al suelo de baldosas, liberando sus pechos.

Ahora ya solo llevaba puestos sus tacones cuando la enorme bestia la golpeaba desde atrás.

Gina sintió que él se retiraba, su coño obteniendo un instante de alivio momentáneo.

Pero no pasó mucho tiempo antes de que su pene estuviera dentro de ella otra vez, pero esta vez hacia su culo.

La enorme polla del asesino penetró los apretados pliegues del ano de Gina, enviando un dolor agudo hacia ella que la atravesó.

Por un momento, pensó que no sería capaz de soportar el dolor, con los músculos apretados para expulsar este objeto extraño, pero luego se relajaron cuando el dolor comenzó a convertirse en placer.

Gina había recibido sexo anal antes, pero no de un falo tan grande como este.

El placer que la invadía ahora no era comparable a nada que hubiera sentido antes.

Tenía que recordarse a sí misma dónde estaba.

En la casa de John siendo follada por un hombre que acababa de matarlo.

El cadáver muerto, y ya algo frío, de John yacía a unos metros de distancia en la otra habitación como una horrible efigie de su yo anterior.

Gina sabía que nunca sería capaz de borrar esa imagen de su memoria, sin importar cuánto lo hubiera despreciado.

Y borraría el odio que sentía hacia él si con eso él pudiera volver vivo y la pudiera ayudar ahora.

Pero hay algo extraño en lo que sucede cuando te enfrentas a una amenaza de muerte y Gina lo estaba experimentado por primera vez en este baño en el que ahora estaba cautiva.

Un instinto toma el control, tan primario que ya no lo sientes como un instinto animal.

Y sabes que harás cualquier cosa para sobrevivir.

CAPÍTULO IV

El hombre golpeó su culo con embestidas furiosas, la saliva se derramaba fuera de su boca, su atractivo rostro enrojecido y excitado.

Los sonidos bajos y guturales que estaba haciendo le avisaron a Gina que estaba por correrse.

Ella agarró el borde del mostrador con fuerza.

Las puntas de sus dedos se volvieron blancas mientras se sostenía.

'Joder,' el hombre gimió.

'Me voy a correr'.

Y lo hizo, y un pesado suspiro salió su boca, cerró los ojos y arqueó la cabeza hacia atrás ...

Y Gina aprovechó su oportunidad.

Soltó el mostrador y agarró el cuchillo.

Con un barrido ciego y contundente de su brazo lo hundió en el cuello de su abusador.

Ella saltó y presionó su espalda contra la pared, las baldosas frías contra su espalda empapada de sudor.

Con los ojos muy abiertos por el miedo y la preocupación, Gina vio que el hombre estaba parado en una postura estática, ahogándose mientras sus grandes ojos la miraban.

El cuchillo sobresalía de su grueso y brillante cuello, y la sangre rojo oscuro se filtraba por el cuello de su abrigo negro.

Su polla estaba aún erguida, con un rastro brillante de esperma colgando de la punta.

Sus ojos aturdidos permanecieron fijos en los de Gina cuando su boca se abrió y la sangre se derramó sobre su labio inferior.

Se las arregló para gorgotear la palabra 'Perra' antes de colapsar hacia atrás y estrellarse contra la puerta.

Gina lo miró por un momento, su pecho subiendo y bajando, antes de dejar escapar una risa enloquecida. Su plan había funcionado.

Primera vez. Ella lo había visto por el espejo cerrar los ojos mientras eyaculaba, así que se deleitó con el hecho de que había hecho el ataque mucho más fácil.

Ella agarró su ropa y rápidamente se vistió, esta vez volviéndose a poner las bragas.

Agarró su bolso y pateó a su atacante con la punta afilada de su tacón. Entonces ella escupió en su cara.

'¡Eso es por llamarme puta, hijo de perra!'

Empujó el cuerpo hacia atrás para poder abrir la puerta.

La parte posterior de su cráneo golpeó la alfombra con un ruido sordo cuando abrió la puerta.

Ella caminó de puntillas sobre el cuerpo empapado de sangre y entró en el dormitorio.

Ella miró el cuerpo de John en la cama.

Sangre en el piso.

Sangre en la cama.

La muerte dondequiera que mirara.

Era demasiado.

Gina salió corriendo de la habitación y bajó por la escalera de caracol tan rápido como sus tacones podían llevarla, con triángulos carmesí manchando el suelo a su paso.

Al pie de la escalera se detuvo, se enjugó las lágrimas y controló sus pensamientos.

Este estilo de vida lo había arruinado todo para ella.

La había hecho miserable y cínica con los hombres.

Había reorganizado su moral.

Y ese bastardo muerto y gordo era uno de los peores con sus modos corruptos y fantasías sórdidas.

Era un modelo en la sociedad, pero extendió e infectó con sus maneras corruptas todo lo que tocaba.

Incluyéndola a ella.

Le había convertido en algo que ella no era.

Y ahora la había convertido en una asesina.

Ella había matado en defensa propia y el mierda que yacía en un charco de su propia sangre se merecía todo lo que le había pasado.

Pero ella sabía que nunca iba a olvidar.

Cómo la había maltratado como si no fuera más que una sucia puta, y cómo su cuerpo la había traicionado respondiendo con placer al contacto de sus sucias y asesinas manos.

¿Cuántas vidas de otras jóvenes deben haber arruinado estos dos?

¿Y cuánto seguían sufriendo esas chicas?

Yo ya no voy a sufrir más, pensó Gina.

Subió corriendo las escaleras y entró en el dormitorio.

La visión de los dos cadáveres muertos la hizo que le entraran ganas de vomitar, pero se tragó las náuseas con un codazo y se acercó a la cama.

La cara de John era una máscara de horror, su boca negra y abierta como un pez, los ojos congelados por el terror.

Gina desvió la mirada y buscó el brazalete de oro alrededor de su rechoncha muñeca.

Había un relicario rectangular delgado que unía la cadena.

Ella lo abrió y leyó el número que estaba adentro: 47689.

Repitiendo el número en su cabeza como un mantra, ella cerró el relicario y metió la mano dentro de su bolso.

Sacó un pañuelo y limpió las huellas dactilares del guardapelo.

Dirigió a John una última mirada desdeñosa antes de volverse y correr escaleras abajo.

Corrió por el pasillo hasta que llegó al estudio de John y abrió la puerta.

Examinó la habitación hasta que sus ojos se posaron en lo que había venido a buscar.

La caja fuerte de John.

Había alardeado sobre su contenido en una de las visitas de Gina y ella había exigido saber qué había dentro.

"Bellas joyas", había dicho con una sonrisa arrogante.

"Vale más que toda esta casa".

Luego golpeó la cadena en su muñeca y se llevó el dedo a los labios. "Shh".

Gina caminó hacia la caja fuerte en la pared y marcó la combinación.

La caja fuerte hizo clic indicando que se podía abrir.

Ella abrió la puerta de acero y miró dentro.

Sobre un montón de sobres marrones había un joyero rojo aterciopelado.

Gina sintió un nudo en el estómago.

Ella lo abrió para encontrarse con el collar de diamantes más increíble que había visto, con sus piedras bellamente elaboradas brillando con efecto cinemático.

"Vale más que esta casa entera", susurró a sí misma.

Lo suficiente como para liquidar todas sus deudas y algo más.

Con el corazón latiendo dentro de su pecho, cerró la tapa y guardó el joyero dentro de su bolso.

Luego ella cerró la caja fuerte y frotó el pañuelo sus posibles huellas.

Salió apresuradamente del estudio y bajó por el pasillo hacia la puerta principal, comprobando que sus tacones no habían dejado ninguna huella incriminatoria suya en sus tablas brillantes.

Suyas no.

Ella abrió la puerta de la casa.

El aire fresco y suave golpeó sus mejillas mientras ella se adentraba en la noche y la carga de la presencia en la casa se fue instantáneamente de sus hombros.

Libre por fin, ella corrió por el camino de grava y saltó dentro de su automóvil, lanzando su bolsa en el asiento del pasajero.

Ella dejó caer la cabeza sobre el volante y dejó escapar un grito grave y gutural.

Exhausta y agotada, buscó dentro de su bolso y sacó su teléfono.

Ella marcó el 911.

"Policía, por favor, acabo de matar a un hombre".

FIN